AF177738

Tucholsky Wagner Zola Scott Sydow Freud Schlegel
Turgenev Wallace Fonatne
Twain Walther von der Vogelweide Fouqué Friedrich II. von Preußen
Weber Freiligrath Frey
Fechner Fichte Weiße Rose von Fallersleben Kant Ernst Richthofen Frommel
Engels Fielding Hölderlin
Fehrs Faber Flaubert Eichendorff Tacitus Dumas
Maximilian I. von Habsburg Fock Eliasberg Ebner Eschenbach
Feuerbach Ewald Eliot Zweig
Goethe Vergil
Elisabeth von Österreich London
Mendelssohn Balzac Shakespeare
Lichtenberg Rathenau Dostojewski Ganghofer
Trackl Stevenson Doyle Gjellerup
Tolstoi Hambruch
Mommsen Lenz Droste-Hülshoff
Thoma Hanrieder
von Arnim
Dach Verne Hägele Hauff Humboldt
Reuter Rousseau Hagen Hauptmann
Karrillon Garschin Gautier
Damaschke Defoe Hebbel Baudelaire
Descartes Hegel Kussmaul Herder
Wolfram von Eschenbach Dickens Schopenhauer
Bronner Darwin Melville Grimm Jerome Rilke George
Campe Horváth Aristoteles Bebel Proust
Bismarck Vigny Barlach Voltaire Federer Herodot
Gengenbach Heine
Storm Casanova Tersteegen Grillparzer Georgy
Chamberlain Lessing Langbein Gilm Gryphius
Brentano
Strachwitz Claudius Schiller Lafontaine
Kralik Iffland Sokrates
Katharina II. von Rußland Bellamy Schilling
Gerstäcker Raabe Gibbon Tschechow
Löns Hesse Hoffmann Gogol Wilde Gleim Vulpius
Luther Heym Hofmannsthal Klee Hölty Morgenstern
Roth Heyse Klopstock Kleist Goedicke
Luxemburg Puschkin Homer
La Roche Horaz Mörike Musil
Machiavelli Kierkegaard Kraft Kraus
Navarra Aurel Musset
Lamprecht Kind Moltke
Nestroy Marie de France Kirchhoff Hugo
Laotse Ipsen Liebknecht
Nietzsche Nansen Ringelnatz
Marx Lassalle Gorki Klett Leibniz
von Ossietzky May vom Stein Lawrence Irving
Petalozzi Knigge
Platon Pückler Michelangelo Kafka
Sachs Poe Kock
Liebermann Korolenko
de Sade Praetorius Mistral Zetkin

Der unglückliche Canonikus

Giacomo Casanova

Impressum

Autor: Giacomo Casanova
Übersetzung: bearbeitet von Henker
Umschlagkonzept: toepferschumann, Berlin

Verlag: tredition GmbH, Hamburg
ISBN: 978-3-8472-7061-4
Printed in Germany

Giacomo Casanova

Der unglückliche Canonikus

Madame Saxe war ganz dazu geschaffen, die Huldigungen eines verliebten Mannes zu gewinnen, und hätte sie nicht einen eifersüchtigen Offizier gehabt, der sie nie aus den Augen verlor und der ganz so aussah, als wollte er jeden durchbohren, der es wagen würde, ihr Gerechtigkeit widerfahren zu lassen, indem er ihr zu gefallen suchte, so würde es ihr wahrscheinlich nicht an Anbetern gefehlt haben. Dieser Offizier liebte das Piquetspiel, allein Madame Saxe mußte beständig dabei an seiner Seite sitzen, und sie schien dies mit großem Vergnügen zu tun.

Im Laufe des Nachmittags machten wir eine Partie und wir setzten dies fünf oder sechs Tage fort. Dann wurde ich der Sache überdrüssig, weil er aufstand, sobald er zehn oder zwölf Louisdor gewonnen hatte. Dieser Offizier hieß d'Entragues, war ein schöner Mann, obgleich sehr mager, und es fehlte ihm weder an Geist noch an dem Ton der guten Gesellschaft.

Wir hatten seit zwei Tagen nicht gespielt, als er mich nach dem Essen fragte, ob ich wünschte, daß er mir Revanche geben sollte.

»Daran liegt mir nichts,« erwiderte ich ihm, »denn wir spielen nicht auf gleiche Art.«

»Ich spiele zu meinem Vergnügen, weil das Spiel mich unterhält, Sie aber spielen nur, um zu gewinnen.«

»Wie das? Sie beleidigen mich.«

»Das ist nicht meine Absicht; allein so oft wir gespielt haben, hörten Sie schon nach einer Stunde auf.«

»Sie sollten mir das Dank wissen, denn da Sie mir nicht gewachsen sind, würden Sie notwendigerweise verlieren müssen.«

»Das ist möglich, aber ich glaube es nicht.«

»Ich kann es Ihnen beweisen.«

»Ich nehme es an; doch der Erste, der die Partie aufgibt, verliert fünfzig Louisdor.«

»Ich bin es zufrieden; aber bares Geld auf den Tisch.«

»Ich spiele nie anders.«

7

Ich befahl dein Kellner, Karten zu bringen, und holte fünf oder sechs Rollen mit hundert Louisdor. Wir begannen das Spiel um fünf Louisdor das Hundert, nachdem wir jeder fünfzig Louisdor für die Wette beiseite gelegt hatten.

Es war drei Uhr, als wir zu spielen begannen und um neun Uhr meinte d'Entragues, wir könnten zum Abendessen gehen.

»Ich habe keinen Hunger,« erwiderte ich ihm, »allein Sie können aufstehen, wenn Sie wollen, und ich stecke dann die hundert Louisdor in die Tasche.«

Er lachte und fuhr fort zu spielen; allein die schöne Dame schmollte mit mir, ohne daß ich es zu bemerken schien.

Alle Zuschauer gingen zum Abendessen und kehrten zurück, um uns bis Mitternacht Gesellschaft zu leisten. Von da ab blieben wir allein; d'Entragues, der erkannte, zu was er sich verpflichtet hatte, sagte kein Wort und ich öffnete die Lippen nur, um mein Spiel zu zählen. Wir spielten auf die ruhigste Weise von der Welt.

Um sechs Uhr morgens fingen die Trinker und Trinkerinnen an, sich einzustellen, und alle wünschten uns Glück zu unserer Beständigkeit, zollten uns Beifall; wir aber schienen uns gegenseitig zu grollen.

Die Louisdor lagen in Haufen auf dem Tische; ich verlor etwa hundert, und gleichwohl war das Spiel mir günstig.

Um neun Uhr kam die schöne Saxe und wenige Augenblicke darauf Frau d'Urfé mit Herrn von Schaumburg.

Die Damen rieten uns, wie nach Verabredung, eine Tasse Schokolade zu trinken. d'Entragues willigte zuerst ein, und da er glaubte, ich sei mit meinen Kräften zu Ende, sagte er:

»Bestimmen wir, daß der Erste, der zu essen verlangt, sich auf länger als eine Viertelstunde entfernt oder auf seinem Stuhle einschläft, die Wette verloren hat.«

»Ich nehme Sie beim Wort,« rief ich aus, »und stimme jeder andern erschwerenden Bedingung zu, welche vorzuschlagen Ihnen gefällig sein wird.«

Die Schokolade kam, wir tranken sie und spielten dann weiter.

Zu Mittag rief man uns zum Diner, wir antworteten aber gemeinschaftlich, daß wir keinen Hunger hätten.

Um ein Uhr ließen wir uns überreden, eine Bouillon zu trinken.

Als die Stunde zum Abendessen kam, fing alle Welt an, zu finden, daß die Sache ernst würde, und Madame Saxe machte uns den Vorschlag, die Wette zu teilen. d'Entragues, der hundert Louisdor gewonnen, würde in den Vorschlag gewilligt haben; ich aber wies ihn zurück, und der Baron von Schaumburg fand, daß ich nicht unrecht hätte.

Mein Gegner hätte die Wette aufgeben und das Spiel beendigen können; er wäre dann noch im Gewinn gewesen, aber der Geiz hielt ihn noch mehr zurück, als die Eigenliebe.

Ich war zwar empfindlich über den Verlust, aber vergleichsweise wenig gegen den Punkt der Ehre. Ich sah frisch aus, während er einer umgegrabenen Leiche glich: seine Magerkeit trug viel dazu bei.

Da Madame Saxe auf dem Vorschlag zu beharren schien, entgegnete ich ihr, ich wäre in Verzweiflung, mich den Bitten einer reizenden Frau, die alle Rücksichten und die größten Opfer verdiente, nicht fügen zu können, allein in dem vorliegenden Falle handelte es sich um eine Art von Eigensinn und ich wäre daher fest entschlossen, zu siegen oder meinem Gegner den Sieg nur in dem Augenblicke zu überlassen, in welchem ich tot niedersänke.

Dabei hatte ich zwei Ziele im Auge: d'Entragues durch meine Entschlossenheit einzuschüchtern und ihn zu gleicher Zeit zu erbittern, indem ich ihm Eifersucht einflößte.

Überzeugt, daß ein Eifersüchtiger alles doppelt sieht, hoffte ich, daß sein Spiel darunter leiden würde und daß ich dann, wenn ich die fünfzig Louisdor der Wette gewönne, nicht den Verdruß hätte, durch die Überlegenheit seines Spielens mehr als hundert Louisdor zu verlieren.

Die schöne Madame Saxe warf mir einen Blick der Geringschätzung zu und ging. Frau d'Urfé aber, die mich für unfehlbar hielt, rächte mich, indem sie zu Herrn d'Entragues mit dem Tone der Überzeugung sagte:

»Mein Gott, wie ich Sie beklage, mein Herr!«

Die Gesellschaft, welche zu Abend gespeist hatte, kehrte nicht zurück.

Man ließ uns unsere Angelegenheit zu Ende bringen.

Wir spielten die ganze Nacht hindurch und ich achtete ebenso auf das Gesicht meines Gegners, als auf mein Spiel. Nach dem Grade, wie ich ihn sich entstellen sah, richtete ich mein Spiel ein; er verwirrte sich, zählte schlecht und legte oft falsch weg.

Ich war kaum weniger erschöpft, als er; ich fühlte, daß ich schwach wurde, und hoffte jeden Augenblick, ihn niedersinken zu sehen, weil ich fürchtete, ungeachtet meiner kräftigen Konstitution unterliegen zu müssen. Ich hatte mein Geld wiedergewonnen, als d'Entragues mit Tagesanbruch einige Zeit hinausging und ich ihm dann Vorwürfe darüber machte, länger als eine Viertelstunde abwesend geblieben zu sein.

Dieser Zwist mattete ihn ab und machte mich munter, eine natürliche Wirkung der Verschiedenheit des Temperaments, eine Taktik des Spielers und ein Anlaß zum Studium für den Moralisten und den Psychologen.

Meine List gelang, denn sie war nicht studiert und konnte daher auch nicht vorausgesehen werden. Nicht anders ist es bei den Feldherren: eine Kriegslist muß in dem Kopfe eines Befehlshabers aus den Umständen entstehen, aus dem Zufall und der Gewohnheit, mit Schnelligkeit alle Verbindungen und Gegensätze der Menschen und der Dinge zu erfassen.

Um neun Uhr kam Madame Saxe; ihr Geliebter befand sich im Verlust.

»Jetzt, mein Herr,« sagte sie, »ist. es an ihnen, nachzugeben.«

»Madame,« antwortete ich ihr, »in der Hoffnung, Ihnen zu gefallen, bin ich bereit, meine Wette zurückzuziehen und von meinem Rechte abzustehen.«

Diese Worte, welche mit dem Tone anspruchsvoller Galanterie gesprochen wurden, erregten d'Entragues Zorn und er bemerkte voll Bitterkeit, er würde seinerseits die Partie nicht eher aufgeben, als bis einer von uns tot niedersänke.

»Sie sehen, liebenswürdigste der Damen,« sagte ich, indem ich verliebte Blicke machte, die in meinem Zustande nicht sehr eindringend sein konnten, »Sie sehen, daß ich nicht der Unfügsamste von uns beiden bin.«

Man brachte uns eine Bouillon, allein d'Entragues, der den höchsten Grad der Schwäche erreicht hatte, befand sich so unwohl, daß er, nachdem er sie kaum getrunken hatte, auf seinem Stuhle wankte und mit Schweiß bedeckt in Ohnmacht fiel. Man beeilte sich, ihn fortzutragen.

Ich gab dem Marqueur, der zweiundvierzig Stunden gewacht hatte, sechs Louisdor, steckte mein Geld in die Tasche, und statt mich schlafen zu legen, begab ich mich zu einem Apotheker, bei welchem ich ein leichtes Brechmittel nahm. Dann legte ich mich nieder, genoß eines guten Schlafes von einigen Stunden und gegen drei Uhr speiste ich mit dem besten Appetit zu Mittag.

d'Entragues ging erst am nächsten Tage aus. Ich war auf irgend einen Zwist gefaßt, aber guter Rat kommt über Nacht und ich täuschte mich. Sobald er mich erblickte, kam er auf mich zu und umarmte mich.

»Ich habe eine wahnsinnige Wette angenommen; Sie gaben mir indes eine Lehre, an die ich mich Zeit meines Lebens erinnern werde und ich bin Ihnen dafür sehr dankbar.«

»Das freut mich, vorausgesetzt, daß diese Anstrengung Ihrer Gesundheit nicht nachteilig ist.«

»Nein, ich befinde mich ganz wohl, aber wir werden nie wieder miteinander spielen.«

»Ich wünsche wenigstens nicht, daß es gegeneinander geschehen möge.«

Acht oder zehn Tage später machte ich der Frau d'Urfé das Vergnügen, sie mit der falschen Lascaris nach Basel zu bringen.

Wir kehrten bei dem berüchtigten Imhoff ein, der uns die Haut über die Ohren zog; aber die »Drei Könige« waren das beste Gasthaus der Stadt.

Eine von den Sonderbarkeiten der Stadt Basel ist, daß es hier um elf Uhr Mittag ist, eine Dummheit, die von einer historischen Tatsache herrührt, welche mir der Prinz von Porentruy erklärte, die ich aber vergessen habe.

Die Baseler gelten dafür, einer Art von Wahnsinn unterworfen zu sein, von dem die Bäder in Sulzbach sie befreien, der aber nach einiger Zeit sich abermals einstellt, wenn sie wieder zu Hause sind. Wir wären einige Zeit in Basel geblieben, hätte sich nicht ein Ereignis zugetragen, das mich verdroß und mich veranlaßte, unsere Abreise zu beschleunigen.

Das Bedürfnis hatte mich gezwungen, der Corticelli ein wenig zu verzeihen, und wenn ich frühzeitig nach Hause kam, brachte ich die Nacht bei ihr zu, nachdem ich mit der ausgelassenen Person und Frau d'Urfé zu Abend gespeist hatte. – Kam ich später, was ziemlich oft geschah, so schlief ich allein in meinem Zimmer.

Die Schelmin schlief ebenfalls allein in einem Kabinett, welches an das Zimmer ihrer Mutter stieß, und durch dieses mußte man gehen, um zu der Tochter zu kommen.

Ich kam um ein Uhr nach Mitternacht nach Hause, hatte noch nicht Lust, zu schlafen, und nachdem ich meinen Schlafrock angezogen hatte, nahm ich eine Kerze und ging, meine Schöne aufzusuchen.

Ich war ein wenig überrascht, die Tür zu dem Zimmer der Signora Laura nur angelehnt zu finden. In dem Augenblick, als ich weiter gehen wollte, streckte die Alte den Arm nach mir aus, ergriff meinen Schlafrock und flehte mich an, nicht bei ihrer Tochter einzutreten.

»Weshalb nicht?« sagte ich.

»Sie ist den ganzen Abend sehr krank gewesen und bedarf der Ruhe und des Schlafes.«

»Nun gut, so werde ich auch schlafen.«

Bei diesen Worten stieß ich die Alte zurück, trat bei der Tochter ein und fand sie an der Seite eines Menschen, der sich unter die Decke versteckte.

Nachdem ich einen Augenblick das Bild betrachtet hatte, lachte ich, setzte mich auf das Bett und fragte sie, wer der glückliche Sterbliche sei, den ich zum Fenster hinauswerfen würde. Ich sah auf dem Stuhle neben mir den Rock, die Beinkleider, den Hut und den Stock des Individuums, allein da ich gute Pistolen in der Tasche hatte, wußte ich, daß ich nichts zu fürchten brauchte; ich wollte indes keinen Lärm erregen.

Zitternd, Tränen in den Augen, ergriff sie meine Hand und beschwor mich, ihr zu verzeihen.

»Es ist,« sagte sie, »ein junger Mann, dessen Namen ich nicht kenne.«

»Ein junger Mann, dessen Namen du nicht kennst, Schelmin? Nun wohl, so soll er ihn mir selbst sagen.«

Dies sagend, ergriff ich eine meiner Pistolen und mit einem kräftigen Ruck der Hand entdeckte ich den Kuckuck, der nicht ungestraft seine Eier in mein Nest gelegt haben sollte.

Ich sah einen jugendlichen Kopf, den ich nicht kannte, mit einem Seidentuche umwunden, während der übrige Körper nackt war, ebenso wie der meiner Unverschämten.

Er wendete mir den Rücken zu, um sein Hemd zu ergreifen, das er hinter das Bett geworfen, hatte, allein ich ergriff ihn beim Arme und hinderte ihn, irgendeine Bewegung zu machen, weil die Mündung meiner Pistole eine unwiderstehliche Sprache redete.

»Wer sind Sie, schöner Herr?«

»Ich bin der Graf von B. . ., Canonikus in Basel.«

»Glauben Sie hier eine kirchliche Handlung zu vollbringen?«

»Ach nein, mein Herr, ich bitte, mir ebenso zu verzeihen, wie der Frau Gräfin, denn ich allein bin strafbar.«

»Danach frage ich Sie nicht.«

»Mein Herr, die Frau Gräfin ist durchaus unschuldig.«

Ich befand mich in der besten Laune, denn, weit entfernt, in Zorn zu geraten, konnte ich kaum das Lachen unterdrücken.

Das Bild hatte in meinen Augen etwas Anziehendes, weil es komisch und originell zugleich war.

Die beiden schuldbewußten Nacktheiten waren in der Tat reizend und ich betrachtete sie wohl eine Viertelstunde lang, ohne ein Wort zu sprechen.

Überzeugt, daß weder der Eine noch die Andere erkannte, was in meinem Innern vorging, stand ich auf und gebot dem Canonikus, sich anzukleiden.

»Diese Angelegenheit muß verschwiegen bleiben, allein wir gehen augenblicklich zweihundert Schritt von hier fort, um uns auf geringe Distanz zu schießen.«

»Ach, mein Herr,« rief der junge Mann, »führen Sie mich, wohin es Ihnen beliebt, bringen Sie mich um, wenn es Ihnen so gefällt; aber ich bin nicht dazu geschaffen, mich zu schlagen.«

»Wirklich nicht?«

»Nein, mein Herr. Ich bin nur Priester geworden, um mich dieser verhängnisvollen Verpflichtung zu entziehen.«

»Dann sind Sie also eine Memme und geneigt, Stockschläge hinzunehmen?«

»Alles, was Ihnen gefällig sein wird; aber Sie sind gewiß kein Barbar, denn die Liebe hat mich blind gemacht. Ich bin erst vor einer Viertelstunde in dies Kabinett eingetreten. Die Gräfin schlief und ihre Gouvernante ebenfalls.«

»Machen Sie das anderen weis, Lügner.«

»Ich hatte eben erst mein Hemd ausgezogen, als Sie eintraten, und vor diesem Augenblicke war ich nie allein mit diesem Engel.«

»Was das betrifft,« fügte lebhaft die Schelmin hinzu, »so ist es wahr, wie das Evangelium.«

»Wißt Ihr wohl, daß Ihr zwei schamlose Lügner seid? Und Sie, schöner Canonikus, Mädchenverführer, Sie verdienten, daß ich Sie braten ließe, wie einen kleinen heiligen Laurentius.«

Während dieser Zeit hatte der unglückliche Canonikus sich angekleidet.

»Folgen Sie mir, mein Herr,« sagte ich mit einem Tone, der ihn in Eis zu verwandeln schien.

Ich führte ihn auf mein Zimmer.

»Was würden Sie tun,« fragte ich ihn hier, »wenn ich Ihnen verziehe und Sie das Haus verlassen ließe, ohne Sie zu entehren?«

»Ach, mein Herr, ich werde spätestens in einer Stunde abreisen und Sie sollen mich nicht mehr hier sehen; überall, wo Sie mir in Zukunft begegnen könnten, dürfen Sie gewiß sein, in mir einen Menschen zu finden, der bereit ist, alles zu tun, um Ihnen zu dienen.«

»Sehr gut. Gehen Sie und denken Sie in Zukunft daran, Ihre Vorsichtsmaßregeln bei Ihren verliebten Unternehmungen besser zu treffen.«

Nach dieser Expedition legte ich mich schlafen, sehr zufrieden mit dem, was ich gesehen und getan hatte, denn das machte mich der Schelmin gegenüber vollkommen frei.

Sobald ich am nächsten Tage aufgestanden war, ging ich zu der Corticelli, der ich mit ruhigen, aber energischen Worten sagte, sie solle auf der Stelle ihre Sachen packen.

Dabei verbot ich ihr, das Zimmer bis zu dem Augenblicke zu verlassen, in welchem sie in den Wagen steigen würde.

»Ich werde sagen, ich sei krank.«

»Wie du willst. Allein man wird auf deine Worte nicht die geringste Rücksicht nehmen.«

Ohne einen Einwurf abzuwarten, suchte ich Frau d'Urfé auf, erzählte ihr die Geschichte der Nacht, die ich noch durch Scherze ausschmückte, und sie lachte darüber von ganzem Herzen.

Alles war am nächsten Tage bereit und wir reisten ab; Frau d'Urfé und ich in der Berline, die Corticelli, ihre Mutter und die beiden Kammerfrauen in dem andern Wagen.

In Besançon verließ mich Frau d'Urfé mit ihren Leuten und ich schlug am nächsten Tage mit Mutter und Tochter den Weg nach Genf ein. Ich stieg, wie immer, in der »Wage« ab.

Während des ganzen Weges richtete ich nicht nur kein Wort an meine Begleiterinnen, sondern ich würdigte sie nicht einmal eines Blickes.

Ich ließ sie mit einem Bedienten aus der Franche Comté essen, den ich auf Empfehlung des Herrn von Schaumburg gemietet hatte.

Ich ging zu einem Bankier, um ihn zu bitten, mir einen Kutscher zu verschaffen, der zwei allein reisende Frauen, für welche ich mich interessierte, nach Turin bringen könnte.

Zugleich übergab ich ihm fünfzig Louisdor für einen Wechsel auf Turin.

In das Gasthaus zurückgekehrt, schrieb ich dem Chevalier Raiberti unter Übersendung des Wechsels.

Ich teilte ihm mit, daß drei oder vier Tage nach dem Empfang meines Briefes eine Bologneser Tänzerin mit ihrer Mutter und einem Empfehlungsbriefe bei ihm eintreffen würden.

Ich bat ihn, dieselben in einem anständigen Hause in Pension zu geben und auf meine Rechnung für sie dort Zahlung zu leisten.

Ich sagte ihm zugleich, er würde mich sehr verpflichten, wenn er es erlangen könnte, daß sie, wenn auch gratis, während des Karnevals tanzte, und ihr mitzuteilen, wenn ich bei meiner Ankunft in Turin schlimme Geschichten über sie hörte, ich sie verlassen würde.

Am nächsten Tage brachte ein Kommis des Herrn Tronchin mir den Kutscher, welcher mir sagte, er sei zur Abfahrt bereit, sobald er Mittagbrot gegessen hätte.

Nachdem ich den Vertrag bestätigt hatte, welchen er mit dem Bankier geschlossen, ließ ich die Corticelli kommen und sagte zu dem Fuhrmann:

»Hier sind zwei Damen, die Sie fahren sollen und von denen Sie bezahlt werden, sobald dieselben in Sicherheit in Turin mit ihrem Gepäck angelangt sind, und zwar in vier und einem halben Tage, wie dies in dem Vertrag festgestellt wurde, von dem die Damen eine Abschrift erhalten und Sie die andere.«

Eine Stunde darauf kam er, um den Wagen zu bepacken.

Die Corticelli brach in Tränen aus.

Ich war nicht grausam genug, sie ohne einigen Trost reisen zu lassen.

Sie war hinlänglich für ihr schlechtes Benehmen bestraft.

Ich ließ sie mit mir essen, und indem ich ihr den Empfehlungsbrief für Herrn Raiberti und fünfundzwanzig Louisdor übergab, von denen acht für die Reisekosten bestimmt waren, sagte ich ihr, was ich an Herrn Raiberti geschrieben hätte, der es ihr auf meine Anweisung an nichts fehlen lassen würde.

Sie bat mich um einen Koffer, in welchem drei Roben und eine prachtvolle Mantille lagen, welche Frau d'Urfé ihr geschenkt hatte. Ich sagte ihr aber, wir würden davon in Turin sprechen.

Sie wagte es nicht, des Schmuckes zu erwähnen, und begnügte sich damit, zu weinen, aber sie erregte mein Mitleid nicht.

Ich verließ sie in viel behaglicherer Lage, als ich sie gefunden hatte, denn sie hatte schöne Kleidungsstücke, Wäsche, Schmucksachen und eine sehr schöne Uhr, die ich ihr geschenkt hatte. Das war mehr, als sie verdiente.

In dem Augenblick der Abreise führte ich sie an den Wagen, weniger der Form wegen, als um sie nochmals dem Kutscher zu empfehlen.

Als sie fort war, fühlte ich mich von einer schweren Last befreit und suchte meinen Syndikus auf.

Ich hatte ihm seit meinem Aufenthalte in Florenz nicht geschrieben.

Er dachte gewiß nicht mehr an mich und ich wollte seine Überraschung genießen.

In der Tat war dieselbe außerordentlich groß; aber nach dem ersten Augenblick fiel er mir um den Hals, küßte mich zehnmal, indem er Freudentränen vergoß, und sagte endlich, er hätte die Hoffnung aufgegeben, mich wiederzusehen.

»Was machen unsere teuern Freundinnen?«

»Sie befinden sich vortrefflich; Sie sind noch immer der Gegenstand ihrer Unterhaltung und ihres zärtlichen Bedauerns; sie werden sich außerordentlich freuen, wenn sie erfahren, daß Sie sich hier befinden.«

»Sie dürfen nicht zögern, sie damit bekannt zu machen.«

»Nein, gewiß nicht, denn ich will sie darauf vorbereiten, daß wir diesen Abend alle miteinander essen werden. Apropos! Herr von Voltaire hat sein Haus in Délices an den Herzog von Villars abgetreten und wohnt jetzt in Ferney.«

»Das ist mir gleichgültig, denn ich beabsichtige diesmal nicht, ihn zu besuchen. Ich bleibe zwei bis drei Wochen hier und widme diese Ihnen ganz.«

»Sie machen mich glücklich.«

»Ehe Sie gehen, bitte ich Sie, mir Schreibgerät zu besorgen, um drei oder vier Briefe zu schreiben; ich werde meine Zeit bis zu Ihrer Rückkehr darauf verwenden.«

Ich setzte mich an meinen Schreibtisch und schrieb sogleich an meine Haushälterin, Madame Lebel, daß ich etwa zwanzig Tage in Genf zuzubringen gedächte und daß ich nach Lausanne kommen würde, wenn ich gewiß wäre, sie wiederzusehen.

Als der Syndikus und ich uns am Abend zu unseren hübschen Kusinen begaben, sah ich einen schönen, englischen Wagen, der verkäuflich war, und vertauschte ihn gegen den meinigen, indem ich hundert Louisdor zugab.

Während ich den Handel schloß, erkannte mich der Onkel der schönen Theologin, welche so vortrefflich die Thesen besprach und der ich so angenehmen Unterricht in der Physik erteilt hatte; er umarmte mich und bat mich, am nächsten Tage bei ihm zu speisen.

Ehe wir zu unseren liebenswürdigen Freundinnen kamen, sagte mir der Syndikus, daß wir bei ihnen ein sehr hübsches Mädchen finden würden, welches in die süßen Mysterien noch nicht eingeweiht wäre.

»Desto besser,« sagte ich,»ich werde mich danach zu benehmen wissen und vielleicht ihr Weihepriester sein.«

Ich hatte ein Schmuckkästchen mit einem Dutzend sehr schöner Ringe in meine Tasche gesteckt.

Ich wußte seit langer Zeit, daß man durch dergleichen Kleinigkeiten einen weiten Weg in kurzer Zeit zurückgelegt.

Der Augenblick, in welchem ich diese reizenden Mädchen wiedersah, war, ich gestehe es, einer der angenehmsten meines Lebens.

Ich erkannte aus ihrem Empfange die Freude, die Befriedigung, die aufrichtige Dankbarkeit und die Liebe zum Vergnügen.

Sie liebten sich ohne Eifersucht, ohne Neid, und ohne irgendeinen jener Gedanken, welche der guten Meinung hätten schaden können, die sie von sich selbst hegten.

Sie erkannten sich meiner Achtung würdig, weil sie mir ihre Gunstbezeugungen ohne irgendeinen erniedrigenden Gedanken gewährt hatten und nur durch den Antrieb desselben Gefühls, welches mich zu ihnen zog.

Die Anwesenheit ihrer neuen Freundin nötigte uns, unsere ersten Liebkosungen auf jene gewöhnliche Art zu beschränken, welche man anständig nennt, und die junge Novize gewährte mir dieselbe Gunst, indem sie errötete und ohne die Augen aufzuschlagen.

Nach einigen alltäglichen Redensarten, jenen gewöhnlichen Tummelplätzen, die man nach einer langen Trennung zuerst ausspricht, sowie nach einigen doppelsinnigen Worten, über die wir lachten und welche der jungen Agnes Stoff zum Nachdenken gaben, sagte ich ihr, sie wäre schön wie eine Amorette, und ich möchte darauf wetten, daß ihr Geist, ebenso schön wie ihr reizendes Gesicht, für gewisse Vorurteile nicht empfänglich wäre.

Mit bescheidenem Tone antwortete sie mir:»Ich habe alle Vorurteile, die mit der Ehre und der Religion zusammenhängen.«

Ich sah, daß man sie schonen, Zartgefühl zeigen und abwarten mußte.

Das war keine Festung, die sich durch einen Handstreich im Sturme einnehmen ließ.

Meiner Gewohnheit nach wurde ich indes verliebt in sie.

Der Syndikus nannte meinen Namen. Da rief das junge Mädchen:

»Ach, Sie sind es also, mein Herr, der vor zwei Jahren eigentümliche Fragen mit meiner Kusine, der Nichte des Pastors, besprach? Es freut mich, daß ich Gelegenheit habe, Sie kennen zu lernen.«

»Ich schätze mich glücklich, Mademoiselle, und wünsche, daß Ihre liebenswürdige Kusine, indem sie mit Ihnen von mir sprach, Sie nicht gegen mich eingenommen hat.«

»Im Gegenteil, denn sie schätzt Sie sehr.«

»Ich werde die Ehre, haben, morgen mit ihr zu essen, wo ich nicht unterlassen werde, ihr meinen Dank zu sagen.«

»Morgen? Ich will es so einrichten, daß ich auch mit bei dem Diner bin, denn ich liebe die philosophischen Besprechungen sehr, obgleich ich mir nicht zu gestatten wage, ein Wort hinein zu mischen.«

Der Syndikus lobte ihre Klugheit und pries ihre Verschwiegenheit so eifrig, daß ich deutlich sah, er sei in sie verliebt, und daß er mit allen Mitteln auf das Ziel lossteuerte.

Das schöne Mädchen hieß Helene. Ich fragte die Freundinnen, ob die schöne Helene ihre Schwester wäre.

Die Älteste antwortet mir mit einem feinen Lächeln, sie wäre Schwester, hätte aber keinen Bruder, und umarmte sie.

Der Syndikus und ich wetteiferten, ihr Schmeicheleien zu sagen.

Helene errötete, erwiderte aber kein Wort auf alle unsere galanten Redensarten.

Darauf zog ich mein Schmuckkästchen hervor, und da ich die Mädchen entzückt über die Schönheit meiner Ringe fand, wußte ich sie dahin zu bringen, die zu wählen, welche ihnen am besten gefielen; die reizende Helene folgte dem Beispiele ihrer Gefährtinnen und belohnte mich durch einen bescheidenen Kuß.

Darauf verließ sie uns und wir befanden uns nun im vollen Besitz unserer früheren Freiheit.

Der Syndikus hatte Recht, in Helene verliebt zu sein, denn das junge Mädchen besaß nicht nur alles, was erforderlich ist, um zu gefallen, sondern auch alles, was eine heftige Leidenschaft hervorbringen kann; die drei Freundinnen schmeichelten sich indes nicht, sie dahin zu bringen, daß sie Teil an unseren Vergnügungen nähme, denn sie behaupteten, sie besäße den Männern gegenüber ein unbesiegliches Gefühl der Schamhaftigkeit.

Wir aßen sehr heiter miteinander zu Abend und nach dem Essen nahmen wir unsere Spiele wieder auf, wobei der Syndikus wie gewöhnlich ein bloßer Zuschauer unserer Taten blieb und sehr zufrieden war, nichts weiter zu sein.

Um Mitternacht trennten wir uns und der gute Syndikus begleitete mich bis zur Tür meiner Wohnung.

Am nächsten Tage begab ich mich zur Tafel des Pastors, wo ich eine zahlreiche Gesellschaft antraf, unter anderen auch Herrn von Harcourt und Herrn von Ximènes, welcher mir sagte, Herr von Voltaire wüßte, daß ich in Genf wäre und hoffte, mich zu sehen.

Ich begnügte mich, ihm durch eine tiefe Verbeugung zu danken.

Mademoiselle Hedwig, die Nichte des Pastors, sagte mir eine sehr schmeichelhafte Artigkeit, die mir nicht weniger gefiel, als der Anblick ihrer Kusine Helene, die neben ihr stand.

Die zweiundzwanzigjährige Theologin war schön, appetitlich und sie besaß jenes *ich weiß nicht was*, das reizt und welches der Hoffnung wie dem Vergnügen jenen eigentümlichen bittersüßen Geschmack verleiht, der sogar die Wollust selbst erhöht.

Indes war ihre Einigkeit mit ihrer Kusine alles, dessen ich bedurfte, um dieser eine günstige Meinung einzuflößen.

Wir hatten eine vortreffliche Mahlzeit und während derselben unterhielt man sich nur von gleichgültigen Dingen.

Beim Dessert aber bat der Pastor Herrn von Ximènes, einige Fragen an sie zu richten.

Da ich diesen Gelehrten dem Rufe nach kannte, erwartete ich irgendein geometrisches Problem. Ich täuschte mich indes, denn er fragte sie, ob sie glaube, daß der stillschweigende Vorbehalt genügend wäre, um eine Lüge zu rechtfertigen.

Hedwig antwortete bescheiden, obgleich eine Lüge zur Notwendigkeit werden könnte, wäre der stillschweigende Vorbehalt doch immer ein Betrug.

»Erklären Sie mir nun, wie Jesus Christus sagen konnte, daß die Zeit von dem Ende der Welt ihm unbekannt wäre.«

»Er konnte es sagen, da er sie nicht kannte.«

»Er war also nicht Gott?«

»Die Folgerung ist falsch; denn da Gott Herr über alles ist, ist er's auch darüber, eine Zukünftigkeit nicht zu kennen.«

Das Wort *Zukünftigkeit*, welches so zufällig gebildet wurde, erschien mir großartig.

Hedwig wurde lebhaft applaudiert und ihr Onkel ging um den Tisch herum und küßte sie.

Ich hatte einen sehr natürlichen Einwurf auf den Lippen, der aus dem Gegenstande selbst entsprang und sie hätte in Verlegenheit setzen können; allein ich wollte ihr gefallen und schwieg.

Herr von Harcourt wurde aufgefordert, sie auch seinerseits zu befragen, aber er antwortete mit Horaz: Nulla mihi religio est.

Darauf wendete Hedwig sich zu mir und sagte, sie erinnerte sich der *Amphidromie*, welche ein heidnisches Fest gewesen wäre; — »ich möchte indes,« fügte sie hinzu, »daß Sie mich nach etwas fragten, was das Christentum berührt, nach einer schwierigen Sache, die Sie nicht selbst entscheiden können.«

»Sie machen es mir leicht, Mademoiselle.«

»Desto besser; dann haben Sie nicht nötig, so viel zu denken.«

»Ich denke nach, um etwas Neues zu suchen. Ich habe es. Gestehen Sie zu, daß Jesus Christus im höchsten Grade alle menschlichen Eigenschaften besaß?«

»Ja, alle, ausgenommen die Schwächen.«

»Zählen Sie zu den Schwächen auch die Zeugungskraft?«

»Nein.«

»So seien Sie so gütig, mir zu sagen, welcher Art das Geschöpf gewesen wäre, welches geboren sein würde, hätte Jesus Christus sich einfallen lassen, die Samariterin zu umarmen.«

Hedwig wurde feuerrot, der Pastor und die ganze Gesellschaft blickten sich untereinander an und ich richtete meine Blicke auf die Theologin, welche nachdachte.

Herr von Harcourt sagte, man müßte Herrn von Voltaire rufen, um eine so brennende Frage zu entscheiden.

Hedwig aber erhob mit gefaßtem Wesen die Augen und alle Welt schwieg, als man sah, daß sie antworten wollte.

»Jesus Christus,« sagte sie,»hatte zwei vollkommene Naturen, die in vollständigem Gleichgewicht mit einander standen; sie waren unzertrennlich.

Hätte daher die Samariterin einen fleischlichen Umgang mit unserem Heiland gepflogen, so würde sie zuverlässig empfangen haben, denn es wäre abgeschmackt, bei einem Gotte eine Handlung von solcher Wichtigkeit vorauszusetzen, ohne die natürlichen Folgen derselben anzunehmen.

Die Samariterin würde daher nach Verlauf von neun Monaten mit einem männlichen, nicht aber mit einem weiblichen Kinde niedergekommen sein; und dieses Geschöpf, geboren von einem menschlichen Weibe und einem Gottmenschen, würde ein Viertel von Gott und drei Viertel vom Menschen gehabt haben.«

Bei diesen Worten klatschten alle Anwesenden in die Hände; Herr von Ximènes bewunderte den Scharfsinn ihrer Berechnung und sagte dann:»Hätte der Sohn der Samariterin sich verheiratet, so würden in einer natürlichen Folge die Kinder, die aus dieser Ehe entsprungen wären, sieben Achtel Menschheit und ein Achtel Göttlichkeit besessen haben.«

»Er müßte denn eine Göttin geheiratet haben, was das Verhältnis bedeutend verändert hätte.«

»Sagen Sie mir genau,« fragte Hedwig,»was das Kind in der sechzehnten Generation noch Göttliches an sich gehabt hätte?«

»Warten Sie einen Augenblick und geben Sie mir einen Bleistift,« sagte Herr von Ximènes.

»Es ist nicht nötig zu berechnen,« sagte ich;»er würde einen kleinen Teil des Geistes besessen haben, der Sie beseelt.«

Alle Welt stimmte im Chor ein in diese Galanterie, welche der, an die ich sie richtete, nicht mißfiel.

Diese schöne Blondine entzündete mich durch den Zauber ihres Geistes.

Wir standen vom Tische auf, um sie zu umringen, und sie pulverisierte alle unsere Schmeicheleien auf die edelste Weise.

Ich nahm Helene beiseite und bat sie, es dahin zu bringen, daß ihre Kusine einen meiner Ringe aus meinem Schmuckkästchen für sich auswählte. Ich hatte Sorge getragen, die Lücke des vorhergehenden Tages wieder auszufüllen.

Die reizende Kusine übernahm gern meinen Auftrag.

Eine Viertelstunde darauf zeigte Hedwig mir ihre Hand und ich sah mit Vergnügen an derselben den Ring, den sie gewählt hatte.

Ich küßte diese Hand mit Entzücken und sie mußte an der Glut meiner Küsse erkennen, welche Gefühle sie mir eingeflößt hatte.

Am Abend erzählte Helene dem Syndikus und den drei Freundinnen alle Fragen, die während des Mittagessens aufgeworfen worden, ohne den geringsten Umstand zu vergessen.

Sie erzählte leicht und mit Anmut. Ich brauchte sie nicht ein einzigesmal zu unterstützen.

Wir baten sie zum Abendessen zu bleiben; sie nahm indes die drei Freundinnen beiseite und überzeugte sie, daß es ihr unmöglich wäre; sie sagte ihnen jedoch, daß sie zwei Tage mit ihnen in einem Landhause, das sie an dem See besäße, zubringen könnte, wenn sie ihre Mutter persönlich dazu um Erlaubnis bitten wollten.

Aufgefordert durch den Syndikus, suchten die drei Freundinnen die Mutter gleich am nächsten Tage auf und am Tage danach fuhren sie mit Helenen ab.

An demselben Abend noch speisten wir zu Abend mit ihnen, aber wir konnten dort nicht schlafen.

Der Syndikus sollte mich nach einem nahegelegenen Hause bringen, wo wir sehr gut wohnen würden.

Da dies so war, hatten wir keine Eile, und die Älteste, welche dringend wünschte, ihrem Freunde ein Vergnügen zu bereiten, sagte ihm, er könnte mit mir gehen, wenn er wollte; sie würde sich aber schlafen legen.

Dies sagend, nahm sie Helene, führte sie mit sich nach ihrem Zimmer und die beiden anderen gingen nach dem ihrigen.

Einige Augenblicke darauf trat der Syndikus in das Zimmer, in welchem sich Helene befand, und ich suchte die beiden anderen Freundinnen auf.

Nach einer Stunde unterbrach der Syndikus unsere Unterhaltung, indem er mich bat, mit ihm zu kommen.

»Was haben Sie mit Helene gemacht?« fragte ich ihn.

»Nichts; sie ist eine unfügsame Närrin, sie hat sich unter der Decke versteckt und wollte die Scherze nicht ansehen, die ich mit ihrer Freundin vornahm.«

»Sie hätten sich an sie selbst wenden sollen.«

»Ich tat es, aber sie stieß mich mehrmals zurück. Ich bin erschöpft und außer mir, denn ich fühle mich überzeugt, daß ich bei dieser Wilden nie zu irgend etwas gelange, Sie müßten es denn übernehmen, sie zu zähmen.«

»Wie soll ich das anstellen?«

»Gehen Sie morgen zum Essen zu ihr; ich werde nicht mit Ihnen kommen, denn ich muß den Tag in Genf zubringen. Ich komme zum Abendessen, und wenn wir sie berauschen, dann könnten —!«

»Das wäre schade; lassen Sie mich gewähren.«

Ich ging also allein am nächsten Tage zu ihnen und bat sie um ein Mittagessen; sie bewirteten mich festlich in der ganzen Bedeutung des Wortes.

Nach dem Essen machten wir einen Spaziergang und die drei Freundinnen kamen meinem Wunsche entgegen, indem sie mich allein mit der schönen Widerspenstigen ließen, die allen meinen Liebkosungen, allen meinen Bitten Widerstand leistete und mir beinahe jede Hoffnung raubte, sie zu bezwingen.

»Der Syndikus,« sagte ich ihr, »ist verliebt in Sie und diese Nacht — «'

»Diese Nacht,'« unterbrach sie mich, »diese Nacht unterhielt er sich mit seiner alten Freundin. Ich habe nichts dagegen, daß jeder nach seiner Laune und seinem Vergnügen handelt; aber ich will, daß man mir die Freiheit meines Tuns und meiner Neigungen läßt.«

»Wenn es mir gelänge, Ihr Herz zu erobern, so würde ich mich für glücklich halten!«

»Weshalb laden Sie den Pastor nicht ein, irgendwo mit meiner Kusine zu speisen?«

»Sie würden mich mit sich nehmen, denn mein Onkel schätzt alle die, welche sich für seine Nichte interessieren.«

»Das erfahre ich mit Vergnügen, Hat sie einen Liebhaber?«

»Niemand.«

»Wie ist das möglich? Sie ist jung, hübsch, heiter und geistreich.«

»Sie kennen Genf nicht. Ihr Geist ist eben die Ursache, daß kein junger Mann ihr seine Liebe zu erklären wagt.«

»Die, welche ihre Person vielleicht vorziehen würden, entfernen sich von ihr wegen ihres Geistes, denn sie würden die Unterhaltung nicht fortzuführen vermögen.«

»Sind denn aber die jungen Männer in Genf so unbedeutend?«

»Im Allgemeinen, ja. Jedoch muß man zugestehen, daß viele eine gute Erziehung erhalten und sehr gute Studien gemacht haben: im Ganzen genommen aber besitzen sie viele Vorurteile: Niemand will für einfältig oder dumm gelten; und dann ist auch die hiesige Jugend weit entfernt, dem Geiste und der guten Erziehung der Frau nachzulaufen.«

»Daran fehlt viel; wenn ein junges Mädchen Geist oder Kenntnisse besitzt, so muß sie beides verbergen, wenn sie sich zu verheiraten wünscht.«

»Ich sehe jetzt, reizende Helene, weshalb Sie während des Mittagessens bei Ihrem Onkel den Mund nicht aufgetan haben.«

»Ich weiß, daß ich nicht nötig habe, mich zu verstellen.«

»Das ist daher der Grund, der mich an jenem Tage das Schweigen bewahren ließ, und ich kann Ihnen ohne Eitelkeit, wie ohne Scham sagen, daß das Vergnügen meinen Mund geschlossen hielt.«

»Ich bewunderte meine Kusine, die von Jesus Christus sprach, wie ich von meinem Vater sprechen würde, und die sich nicht fürchtete, sich in einer Wissenschaft gelehrt zu zeigen, von welcher ein anderes Mädchen behaupten würde, sie nicht zu verstehen.«

»Verstehen – selbst wenn sie davon so viel wüßte, als ihre Großmutter.«

»Das liegt in den Sitten, oder vielmehr in den Vorurteilen.«

»Sie urteilen zum Entzücken, meine teure Helene, und ich seufze schon nach der Partie, welche Sie vorgeschlagen haben.«

»Ich werde das Vergnügen genießen, mit meiner Kusine zusammen zu sein.«

»Ich lasse ihr Gerechtigkeit widerfahren, schöne Helene; Hedwig ist liebenswürdig und interessant; glauben Sie mir indes, daß ich mich hauptsächlich deshalb darauf freue, weil Sie, die mich entzückt, mit von der Partie sein werden.«

»Und wenn ich Ihnen nicht glaube?«

»Dann hätten Sie unrecht und würden mir viel Schmerz bereiten, denn ich liebe Sie zärtlich.«

»Dessenungeachtet haben Sie versucht, mich zu hintergehen. Ich bin überzeugt, daß Sie den drei jungen Mädchen, die ich sehr bedauere, Beweise der Zärtlichkeit gaben.«

»Weshalb beklagen Sie sie?«

»Weil keine von ihnen sich einbilden kann, daß Sie sie ausschließlich lieben.«

»Und glauben Sie, daß dieses Zartgefühl Sie glücklicher macht, als jene?«

»Ja, ich glaube es, obgleich ich in dieser Hinsicht ganz unerfahren bin.«

»Sagen Sie mir aufrichtig, ob Sie glauben, daß ich recht habe.«

»Ja, ich glaube es.«

»Sie entzücken mich; aber wenn ich recht habe, dann gestehen Sie ein, daß Sie, indem Sie mich mit ihnen vereinigen wollten, mir keinen solchen Beweis der Liebe gaben, als ich hätte verlangen können, um von Ihrer Liebe überzeugt zu werden.«

»Ja, auch das gestehe ich und bitte Sie aufrichtig darüber um Verzeihung.«

»Jetzt, göttliche Helene, sagen Sie mir, wie ich es anfangen muß, um den Pastor zum Essen einzuladen.«

»Das ist nicht schwierig. Gehen Sie zu ihm und bitten Sie ihn ganz einfach; und wollen Sie überzeugt sein, daß ich mit von der Partie sein werde, so fordern Sie ihn auf, mich mit meiner Mutter einzuladen.«

»Weshalb Ihre Mutter?«

»Weil er vor zwanzig Jahren sehr in dieselbe verliebt war und sie noch immer liebt.«

»Und wo kann ich das Diner geben?«

»Ist nicht Herr Tronchin Ihr Bankier?«

»Ja.«

»Er hat ein schönes Landhaus an dem See. Bitten Sie ihn für einen Tag darum und er wird es Ihnen mit Vergnügen leihen. Tun Sie das, aber sagen Sie weder dem Syndikus, noch seinen drei Freundinnen etwas davon; wir werden es ihnen später mitteilen.«

»Glauben Sie aber, daß Ihre gelehrte Kusine gern mit mir zusammen sein wird?«

»Mehr als gern, davon dürfen Sie sich überzeugt halten.«

»Nun gut, so soll das alles morgen angeordnet worden.«

»Übermorgen kehren Sie nach der Stadt zurück und ich setze die Partie für zwei oder drei Tage später an.«

Der Syndikus kam, als es Abend wurde, zu uns und wir verbrachten den Abend sehr heiter.

Nach dem Souper gingen die Mädchen, wie an dem Tage zuvor, schlafen und ich trat in das Zimmer der älteren ein, während mein Freund die jüngeren aufsuchte.

Ich wußte, daß alles, was ich unternehmen könnte, um Helene zu besiegen, nutzlos sein würde, ich begnügte mich daher mit einigen Küssen, wünschte ihnen darauf eine gute Nacht und machte den beiden Jüngsten einen Besuch.

Ich fand sie in tiefem Schlafe und der Syndikus langweilte sich ganz allein.

Ich erheiterte ihn nicht, als ich ihm sagte, ich hätte keine Gunst erlangen können.

»Ich sehe wohl,« sagte er, »daß ich meine Zeit bei dieser kleinen Närrin verlieren werde, und ändere endlich meinen Plan.«

»Ich glaube,« antwortete ich ihm, »daß dies das Kürzeste und vielleicht auch das Beste ist, was Sie tun können; denn nach einer gefühllosen oder eigensinnigen Schönen zu schmachten, heißt sich selbst betrügen.«

»Das Glück muß weder zu leicht noch zu schwer zu erlangen sein.«

Am nächsten Tage gingen wir miteinander nach Genf, und Herr Tronchin zeigte sich entzückt, mir das von ihm erbetene Vergnügen gestatten zu können. Der Pastor nahm meine Einladung an und sagte mir, er wäre gewiß, daß ich mich freuen würde, die Bekanntschaft der Mutter Helenes zu machen. Man konnte leicht sehen, daß der brave Mann für diese Frau ein zärtliches Gefühl nährte, und wenn sie dasselbe ein wenig erwiderte, konnte es meine Absichten nur begünstigen.

Ich rechnete darauf, noch an demselben Abend mit den Freundinnen und der reizenden Helene in dem Hause an dem See zu soupieren, allein ein Brief, den ich durch einen expressen Boten erhielt, zwang mich, sogleich nach Lausanne zu reisen.

Meine ehemalige Haushälterin, Madame Lebel, die ich noch jetzt liebe, lud mich ein, mit ihr und ihrem Manne zu Abend zu speisen.

Sie schrieb mir, sie hätte ihren Mann bewogen, sie sofort nach dem Empfang meines Briefes nach Lausanne zu führen; sie fügte hinzu, sie wäre überzeugt, daß ich alles aufgeben würde, um ihr das Vergnügen zu verschaffen, sie zu sehen.

Sie nannte mir die Stunde, zu welcher sie bei ihrer Mutter eintreffen würde.

Madame Lebel ist eine der zehn oder zwölf Frauen, die ich während meiner glücklichen Jugend am zärtlichsten geliebt habe.

Sie besaß alles, was man wünschen kann, um in der Ehe glücklich zu sein, wenn mein Schicksal gewesen wäre, dieses Glück kennen zu lernen.

Bei meinem Charakter habe ich aber vielleicht sehr wohl daran getan, mich nicht unwiderruflich zu binden, obgleich in meinem Alter meine Unabhängigkeit eine Art von Sklaverei ist.

Wenn ich mich mit einer Frau verheiratet hätte, die gewandt genug gewesen wäre, mich zu leiten und mich zu unterwerfen, ohne daß ich meine Unterwerfung hätte bemerken können, so würde ich für mein Vermögen gesorgt und Kinder bekommen haben, und ich wäre dann nicht, wie ich es jetzt bin, allein in der Welt und ohne Vermögen.

Doch lassen wir diese Abschweifungen in eine Vergangenheit, die nicht zurückzurufen ist, und da ich in meinen Erinnerungen glücklich bin, würde ich wahnsinnig werden, wollte ich mir nutzlose Reue verursachen.

Ich berechnete, daß ich, wenn ich sogleich aufbräche, Lausanne eine Stunde vor meiner teuern Dubois erreichen könnte, und ich zögerte nicht, ihr diesen Beweis meiner Achtung zu gewähren.

Ich muß hier meinen Lesern sagen, daß sich doch, obgleich ich diese Frau liebte, und beschäftigt mit einer anderen Leidenschaft, keine Hoffnung der Wollust in meinen Eifer mischte; meine Achtung für sie würde hingereicht haben, meine Liebe im Zügel zu halten; aber ich schätzte auch Lebel, und ich würde mich nimmermehr der Gefahr ausgesetzt haben, das Glück dieser beiden Freunde zu trüben.

Ich schrieb in aller Hast ein Billett an den Syndikus, um ihm zu sagen, daß eine wichtige und unvorhergesehene Angelegenheit mich nötigte, nach Lausanne zu reisen, daß ich aber am zweiten Tage darauf des Vergnügens genießen würde, mit ihm in Genf bei den drei Freundinnen zu Abend zu speisen.

Um fünf Uhr stieg ich bei der Mutter Dubois ab, fast sterbend vor Hunger.

Die Überraschung dieser guten Frau bei meinem Anblick war außerordentlich groß; denn sie wußte nicht, daß ihre Tochter sie besuchen würde.

Ohne viele Umstände gab ich ihr zwei Louisdor, um uns ein Abendessen zu besorgen, wie es für mich nötig war.

Um sieben Uhr kam Madame Lebel mit ihrem Manne und einem Kinde von achtzehn Monaten.

Unser Zusammentreffen war vom Glück begleitet. Während der zehn Stunden, die wir bei Tische zubrachten, schwammen wir in Freude.

Mit Tagesanbruch reisten wir nach Solothurn, wo Lebel Geschäfte hatte.

Herr von Savigny ließ mir tausend freundliche Dinge sagen.

Lebel beteuerte mir, der Gesandte wäre sehr gütig gegen seine Frau und er selbst dankte mir für das Geschenk, das ich ihm machte, indem ich sie ihm abtrat. Ich konnte mich mit eigenen Augen überzeugen, daß er glücklich war und auch seine Frau glücklich machte.

Meine teure Haushälterin sprach von meinem Sohne. Sie sagte mir, daß niemand die Wahrheit ahnete, daß sie aber wüßte, woran sie sich zu halten hätte, und ebenso auch Lebel, der gewissenhaft den Vertrag erfüllt hätte, ihre Ehe erst nach Verlauf der zwei festgesetzten Monate zu vollziehen.

»Dieses Geheimnis,« sagte Lebel, »wird niemals bekannt werden, und Ihr Sohn ist mein Erbe, entweder allein, oder in Teilung mit meinen Kindern, wenn ich solche bekomme, woran ich indes zweifele.«

»Mein Freund,« sagte sie, »es gibt wohl jemand, der die Wahrheit ahnet, besonders indem das Kind größer wird; allein wir haben von der Seite nichts zu fürchten, denn die vortreffliche Person ist dafür bezahlt, das Geheimnis zu bewahren.«

»Und wer ist diese Person, meine teure Lebel?« fragte ich sie.

»Es ist Frau von ***, die Sie nicht vergessen hat, denn sie spricht sehr oft von Ihnen.«

»Wollen Sie, meine Teure, meine Grüße an sie übernehmen?«

»O, sehr gern, mein Freund, und ich bin überzeugt, ihr damit ein großes Vergnügen zu machen.«

Lebel zeigte mir meinen Ring und ich ließ ihn seinen Ring sehen, indem ich ihn für meinen Sohn eine prachtvolle Uhr mit meinem Portrait überreichte.

»Sie werden sie ihm übergeben, mein Freund,« sagte ich, »wann Sie es für passend halten.«

Ich verbrachte drei Stunden damit, ihnen mit allen Einzelheiten zu erzählen, was mir während der siebenundzwanzig Monate begegnet war, die wir uns nicht gesehen hatten.

Ihre Geschichte war nicht lang: ihr Leben hatte jene Einfachheit gehabt, welche dem friedlichen Glücke geziemt. Madame Lebel war noch immer schön; ich fand sie nicht verändert, ich selbst aber war es. Sie fand mich minder frisch und minder heiter, als bei unserer Trennung.

Sie hatte recht! Die falsche Lascaris hatte mir viel Kummer bereitet.

Nach den zärtlichsten Umarmungen reisten die beiden Gatten nach Solothurn und ich kehrte nach Genf zurück; da ich aber der Ruhe sehr bedürftig war, ging ich nicht zum Abendessen mit dem Syndikus und dessen Freundinnen, sondern schrieb ihm, ich wäre unwohl und würde daher erst am nächsten Tage das Vergnügen haben, sie zu sehen; dann legte ich mich schlafen.

Am folgenden Tage, dem, vor welchem ich mein Diner in dem Landhause des Herrn Tronchin festgesetzt hatte, bestellte ich bei meinem Wirt eine Mahlzeit, bei der nichts gespart werden sollte.

Ich vergaß nicht, ihm die besten Weine, die feinsten Liköre, Gefrorenes und alles Nötige zu einem Punsch zu empfehlen.

Ich sagte ihm, wir würden unserer sechs sein, denn ich sah voraus, daß Herr Tronchin an der Partie Teil nehmen würde. Ich täuschte mich nicht, denn er befand sich im seinem hübschen Landhause, um uns die Honneurs zu machen, und ich hatte keine Mühe, ihn zu bewegen, bei uns zu bleiben. Am Abend glaubte ich von diesem Diner dem Syndikus und den drei Freundinnen in Gegenwart Helenes kein Geheimnis machen zu dürfen; Helene stellte sich, als wüßte sie nichts, und sagte nur, ihre Mutter hätte ihr mitgeteilt, daß sie sie irgendwohin zum Essen mitnehmen würde.

»Ich bin entzückt,« fügte sie hinzu, »jetzt zu vernehmen, daß es nur in dem hübschen Landhause des Herrn Tronchin sein kann.«

Mein Diner war so, wie es der routinierteste Feinschmecker nur wünschen konnte, und Hedwig bildete in der Tat den ganzen Zauber desselben.

Dieses staunenerregende Mädchen behandelte die Theologie mit einer solchen Gewandtheit und verlieh dem Verstande eine so mächtige Anziehungskraft, daß es unmöglich war, sich nicht fortgerissen zu fühlen, selbst wenn man nicht überzeugt war.

Ich habe nie einen Theologen gesehen, der fähig gewesen wäre, gleich im ersten Augenblicke die abstraktesten Punkte dieser Wissenschaft mit solcher Leichtigkeit und solcher wahren Würde zu besprechen, als diese junge und schöne Person, die mich während dieses Mittagessens vollkommen entflammte.

Herr Tronchin, der Hedwig noch nie gehört hatte, dankte mir hundert Mal dafür, ihm dieses Vergnügen bereitet zu haben, und da er uns in dem Augenblick verlassen mußte, als wir vom Tisch aufstanden, forderte er uns auf, die Partie auf den zweitnächsten Tag zu wiederholen.

Eine Eigentümlichkeit, welche mich während des Desserts interessierte, war, daß sich der Pastor an seine frühere Zärtlichkeit für die Mutter Helenes erinnerte. Seine verliebte Beredsamkeit wuchs in dem Grade, wie er seine Kehle mit Champagner, Zyperwein und Likören anfeuchtete.

Die Mutter hörte ihn wohlgefällig an und bot ihm die Spitze, während die Mädchen ebenso, wie ich selbst, nur mäßig getrunken hatten.

Die Verschiedenheit der Getränke, besonders der Punsch, hatten ihre Wirkung getan und meine Schönen waren ein wenig berauscht.

Ihre Heiterkeit war reizend, aber beinahe ausgelassen.

Ich ergriff diese allgemeine Stimmung, um von den beiden bejahrten Liebenden die Erlaubnis zu erbitten, die Damen in dem

Garten am Ufer des Sees spazieren zu führen, und diese Erlaubnis wurde mir mit der größten Bereitwilligkeit gegeben.

Wir gingen Arm in Arm, und wenige Minuten darauf waren wir aller Welt aus den Augen entschwunden.

»Wissen Sie wohl,« sagte ich zu Hedwig,»daß Sie das Herz des Herrn Tronchin gewonnen haben?«

»Ich wüßte damit nichts anzufangen, übrigens hat der ehrenwerte Bankier alberne Fragen an mich gerichtet.«

»Sie dürfen nicht glauben, daß alle Welt imstande sei, Fragen an Sie zu tun, die Ihrem Verstande angemessen sind.«

Wir gelangten an den Rand eines prachtvollen Teiches, zu dem man auf einer Marmortreppe hinabstieg.

Ich kam auf den Einfall, ihnen den Vorschlag zu machen, die Füße in das Wasser zu stellen, sie versichernd, das würde ihnen wohltun, und wenn sie es mir gestatteten, würde ich die Ehre haben, sie ihrer Fußbekleidungen zu entledigen.

»Nun, wir sind es zufrieden,« sagte die Nichte.

»So setzen Sie sich, meine Damen, auf die erste Stufe.«

Sie saßen, und ich beschäftigte mich, auf der vierten Stufe stehend, damit, ihnen Schuhe und Strümpfe auszuziehen, wobei ich die Schönheit ihrer Beine pries und für den Augenblick keine Miene machte, neugierig zu sein, um mehr zu sehen, als bis zum Knie hinauf. Dann ließ ich sie bis zum Wasser hinabgehen; sie mußten nun wohl ihre Kleider aufheben und ich ermutigte sie noch dazu.

»Nun gut,« sagte Hedwig,»die Männer haben auch Schenkel.«

Helene, die sich geschämt haben würde, minder mutig zu sein, als ihre Kusine, blieb nicht zurück.

»Jetzt, meine reizenden Najaden,« sagte ich,»ist es genug. Sie könnten sich den Schnupfen holen, wenn Sie noch länger im Wasser blieben.«

Sie stiegen rückwärts wieder heraus, indem sie sich hoch aufgeschürzt hielten, aus Furcht, ihre Kleider naß zu machen, und mir fiel es zu, sie mit allen Taschentüchern, die ich hatte, abzutrocknen.

Dies angenehme Geschäft gestattete mir, bequem alles zu sehen und zu berühren, und der Leser wird es mir wohl glauben, wenn ich ihm die Versicherung gebe, daß ich mich dem Genusse ganz hingab.

Die schöne Nichte sagte mir, ich wäre zu neugierig; Helene aber ließ mich mit einem so zärtlichen und so schmachtenden Wesen gewähren, daß ich mir Gewalt antun mußte, um nicht weiter zu gehen.

Endlich hatte ich ihnen Strümpfe und Schuhe wieder angezogen und sagte, ich wäre entzückt, die geheimen Schönheiten der beiden reizendsten Mädchen in Genf erblickt zu haben.

»Wir können noch zwei volle Stunden hier verweilen, ohne Furcht, daß irgend jemand zu uns kommt.«

Diese Antwort ließ mich das ganze Glück erblicken, das meiner wartete; ich hielt es nicht für angemessen, mich einer Krankheit auszusetzen, indem ich in dem Zustande, in welchem ich mich befand, in das Wasser ging. —

Ich sah in geringer Entfernung ein Gartenhaus, und überzeugt, daß Herr Tronchin es offen gelassen haben würde, nahm ich meine Schönen unter den Arm und führte sie dahin, ohne sie meine Absichten erraten zu lassen.

Der Pavillon war mit Vasen, hübschen Kupferstichen usw. verziert, das Beste aber war ein breiter und schöner Divan, der zur Ruhe und zum Vergnügen einzuladen schien.

Hier zwischen den beiden Schönheiten sitzend, überhäufte ich sie mit Liebkosungen.

Unsere Hände gestatteten sich gegenseitig alle nur möglichen Freiheiten und so brachten wir noch eine halbe Stunde küssend zu.

Wir waren vertraute Freunde geworden und bereits auf dem besten Wege, es noch mehr zu werden; wir schritten dann dem Hause zu, wo wir die Mutter Helenes und den Pastor fanden, die an dem Ufer des Sees auf und nieder gingen.

Nach Genf zurückgekehrt, brachte ich den Abend bei den drei Freundinnen zu und hütete mich wohl, dem Syndikus meinen Sieg über Helene zu verraten; denn diese Mitteilung würde nur dazu gedient haben, seine Hoffnung zu erneuern, und er hätte seine Zeit und Mühe verloren.

Ich selbst würde ohne die Theologin nie etwas erlangt haben; aber Helene bewunderte ihre Kusine und würde gefürchtet haben, zu tief unter ihr zu stehen, wenn sie sich weigerte, die freien Handlungen nachzuahmen, welche für sie der Maßstab für die Freiheit ihres Geistes waren.

Helene kam diesen Abend nicht, aber ich sah sie am nächsten Tage bei ihrer Mutter, denn die Artigkeit verlangte, der Witwe für die Ehre zu danken, die sie mir erwiesen hatte. Sie empfing mich auf das freundschaftlichste und stellte mir zwei junge sehr hübsche Mädchen vor, die sie in Pension hatte und die mich interessiert haben würden, hätte ich länger in Genf bleiben wollen; da ich aber nur wenige Tage mich hier aufhalten wollte, verdiente Helene meine ganze Aufmerksamkeit.

Das Diner des Bankiers war schön.

Er setzte eine große Eitelkeit darin, zu zeigen, daß die Mahlzeit eines Gastwirtes nie mit der wetteifern kann, welche ein reicher Hausherr gibt, der einen guten Koch hat, einen ausgesuchten Keller, schönes Silberzeug und sehr feines Porzellan. Wir waren unserer zwanzig Personen zu Tisch und das Fest wurde der gelehrten Theologin und mir zu Ehren gegeben, der als reicher Fremder freigebig sein Geld ausgab.

Ich fand auch Herrn von Ximènes, der dazu aus Ferny gekommen war und mir sagte, ich würde bei Herrn von Voltaire erwartet; ich hatte aber den albernen Entschluß gefaßt, nicht hinzugehen.

Hedwig unterhielt die ganze Gesellschaft.

Nach dem Essen wollte alle Welt dieses wahrhaft staunenerregende Mädchen mit Artigkeiten überhäufen, so daß es mir unmöglich war, einen Augenblick allein mit ihr zu sprechen, um ihr meine Zärtlichkeit auszudrücken.

Aber ich trat mit Helene beiseite, und sie sagte mir, ihre Kusine würde am nächsten Tage mit dem Pastor bei ihrer Mutter zu Abend speisen.

»Hedwig,« fügte sie hinzu, »bleibt bei uns und wir schlafen dann beisammen, wie dies jedesmal geschieht, wenn sie mit ihrem Onkel zum Abendessen kommt.«

»Es handelt sich darum, zu wissen, ob Sie, um die Nacht mit mir zubringen zu können, sich entschließen wollen, sich an einem Ort zu verstecken, den ich Ihnen morgen früh um elf Uhr bezeichnen werde.«

»Machen Sie zu dieser Stunde meiner Mutter einen Besuch, und ich werde einen passenden Augenblick finden, Ihnen das Versteck zu zeigen.«

»Sie werden sich dort nicht eben bequem finden, aber sicher, und wenn Sie sich langweilen, so denken Sie, um sich zu zerstreuen, daran, daß wir viel an Sie denken werden.«

»Bleibe ich lange versteckt?«

»Höchstens vier Stunden, denn um sieben Uhr wird die Straßentür geschlossen und nur denjenigen noch geöffnet, welche klingeln.«

»Wenn ich an dem Orte, wo ich mich befinde, husten sollte, könnte ich dann gehört werden?«

»Ja, das wäre möglich.«

»Das ist eine große Schwierigkeit. Alles Übrige ist nichts. Aber gleichviel, ich werde alles wagen, um mir das größte Glück zu verschaffen, das ich mir jemals gewünscht habe. Ich nehme alles an.«

Am nächsten Morgen machte ich einen Besuch bei der Witwe, und indem Helene mich begleitete, zeigte sie mir zwischen zwei Treppen eine verschlossene Tür. – »Um sieben Uhr,« sagte sie, »werden Sie die Tür offen finden, und wenn Sie eingetreten sind, verriegeln Sie sie hinter sich.«

»Wenn Sie kommen, passen Sie, um hinein zu gehen, einen Augenblick ab, wo niemand Sie sehen kann.«

Um sechs und drei Viertel Uhr war ich in meinem Loche eingesperrt, in welchem ich einen Sitz fand.

Das war ein Glück, denn sonst hätte ich mich weder niederlegen, noch aufrecht stehen können.

Es war ein wahres Loch, und an dem Geruche erkannte ich, daß hier Schinken und Käse aufbewahrt wurde; augenblicklich waren aber keine da, denn ich tastete rechts und links umher, um mich in der tiefen Finsternis ein wenig zurecht zu finden.

Vorsichtig mit den Füßen herumtastend, stieß ich auf einen weichen Gegenstand.

Ich fühlte mit der Hand hin und erkannte ein leinenes Tuch.

Es war eine Serviette, in welcher sich eine zweite befand, und zwei Teller, zwischen denen ein schönes gebratenes Huhn und Brot verwahrt wurden. Dicht daneben fand ich auch eine Bouteille und ein Glas.

Ich wußte meinen schönen Freundinnen Dank, an meinen Magen gedacht zu haben; aber ich hatte reichlich zu Mittag gegessen und aus Vorsicht ein wenig spät. Ich verschob es daher, diesen Speisen Ehre anzutun, bis die Schäferstunde nahen würde.

Um neun Uhr machte ich mich endlich an das Werk, und da ich weder Pfropfenzieher noch Messer hatte, mußte ich den Hals der Flasche mit einem Stückchen Stein abschlagen, den ich aus dem lockern Fußboden ziehen konnte.

Es war köstlicher alter Wein von Neufchâtel; außerdem war mein Huhn ganz nach Wunsch mit Trüffeln gefüllt, und diese beiden Reizmittel bewiesen mir, daß meine beiden Nymphen einige Begriffe von der Physik hätten, oder daß der Zufall sie darauf brachte, mich gut zu bedienen.

Ich hätte meine Zeit in diesem Loche ziemlich geduldig zugebracht, hätte ich nicht häufig den Besuch einer Ratte empfangen, die sich durch ihren widerlichen Geruch ankündigte und mir dadurch Übelkeit verursachte.

Ich erinnerte mich, daß ich dieselbe Unannehmlichkeit in Köln bei einer ganz ähnlichen Veranlassung empfunden hatte.

Endlich schlug es zehn Uhr; eine halbe Stunde darauf hörte ich die Stimme des Pastors.

Kurz nach der Entfernung des Pastors hörte ich drei leise Schläge an der Tür meines Versteckes. Ich öffnete und eine Hand, weich wie Atlas, bemächtigte sich der meinigen.

Alle meine Sinne erbebten. Es war die Hand Helenens; sie hatte mich elektrisiert, und dieser Augenblick des Glückes belohnte mich schon für mein langes Harren.

»Folgen Sie mir leise,« sagte sie halblaut, sobald sie die kleine Tür wieder geschlossen hatte. Aber in meiner Ungeduld schloß ich sie zärtlich in meine Arme, sie die Wirkung fühlen lassend, welche sie schon durch ihre Gegenwart allein bei mir hervorbrachte; ich überzeugte mich auch von ihrer vollständigen Fügsamkeit. »Seien Sie vernünftig,« sagte sie, »und gehen wir leise hinauf.«

Ich folgte ihr tastend, und am Ende eines langen winkeligen Ganges ließ sie mich in ein Zimmer ohne Licht eintreten, das sie hinter uns verschloß; dann öffnete sie ein anderes, welches beleuchtet war und in welchem ich Hedwig beinahe ganz entkleidet erblickte. Sie kam mir mit offenen Armen entgegen, sobald sie mich sah, und mich voll Glut küssend, bezeugte sie mir die lebhafteste Dankbarkeit für die Geduld, mit der ich an einem so traurigen Aufenthaltsorte gewartet hatte.

»Meine göttliche Hedwig,« sagte ich, »wenn ich Sie nicht wahnsinnig liebte, so würde ich nicht eine Viertelstunde in dem abscheulichen Loche verweilt haben; allein es hängt nur von Ihnen ab. mich während der ganzen Zeit, die ich hier bleibe, täglich einige Stunden darin zubringen zu lassen.«

»Verlieren wir indes keine Zeit, meine teuren Freundinnen, und legen wir uns nieder.«

»Gehen Sie beide zu Bett,« sagte Helene; »ich werde die Nacht auf dem Sofa zubringen.«

»O, was das betrifft, Kusine,« rief Hedwig, »so denke nicht daran; unser Geschick muß vollkommen gleich sein.«

»Ja, göttliche Helene, ja,« sagte ich, sie umarmend; »ich liebe Sie beide gleich sehr, und alle Zeremonien dienen nur dazu, uns eine kostbare Zeit verlieren zu lassen, während welcher ich Ihnen mein zärtliches Feuer beweisen könnte« — und unter gegenseitigen Liebkosungen beteuerte ich beiden, daß ich während meines Aufenthaltes in Genf noch oft mit ihnen glücklich zu sein hoffte.

Seufzend entgegneten sie mir, das sei unmöglich. — »In fünf oder sechs Tagen,« sagte Helene, »können wir uns vielleicht wieder ein solches Fest gewähren; aber das wird auch alles sein.«

»Laden Sie uns morgen zum Abendessen in Ihr Gasthaus ein,« sagte Hedwig, »und der Zufall kann uns dann vielleicht die Gelegenheit zu einem süßen Spiel bieten.«

Ich merkte mir diesen Rat.

Wir setzten unsere Unterhaltung mehrere Stunden fort und fühlten uns vollkommen glücklich.

Die Nacht erschien uns kurz, obgleich wir keine einzige Minute verloren hatten, und mit Tagesanbruch mußten wir uns trennen.

Ich ließ sie zurück und war glücklich genug, das Haus zu verlassen, ohne von irgend jemand gesehen zu werden.

Nachdem ich bis Mittag geschlafen hatte, stand ich auf, zog mich an und machte einen Besuch bei dem Pastor, bei welchem ich seine reizende Nichte auf das eifrigste lobte.

Das war das sicherste Mittel, ihn dahin zu bringen, am nächsten Tage in der »Wage« bei mir zu Abend zu essen.

»Wir sind in der Stadt,« sagte ich, »also können wir so lange beisammen bleiben, als wir wollen. Bemühen Sie sich indes, die liebenswürdige Witwe und deren reizende Tochter mitzubringen.«

Er versprach es mir.

Am Abend besuchte ich den Syndikus und die drei Freundinnen, die mich etwas kalt fanden.

Ich schützte starke Kopfschmerzen vor.

Ich sagte ihnen, ich gäbe der Gelehrten ein Abendessen, und lud sie ein, mit dem Syndikus ebenfalls zu kommen.

Ich hatte indes vorausgesehen, daß dieser es nicht zugeben würde, weil man darüber geklatscht hätte.

Ich sorgte dafür, daß die feinsten Weine den vorzüglichsten Teil meines Abendessens ausmachten.

Der Pastor und seine Freundin tranken tüchtig und ich schmeichelte ihrem Geschmack auf das beste.

Als ich sie auf dem Punkt erblickte, auf dem ich sie haben wollte, den Kopf ein wenig eingenommen, ganz mit ihren Erinnerungen beschäftigt, gab ich den beiden Schönen ein Zeichen, und sie gingen hinaus, als wollten sie irgendeinen Ort aufsuchen.

Ich tat, als wollte ich sie zurechtweisen, und begleitete sie nach einem anderen Zimmer, ihnen mitteilend, sie möchten mich hier erwarten.

In das erste Zimmer zurückgekehrt, fand ich meine beiden Alten ganz mit sich beschäftigt, so daß sie kaum meine Anwesenheit bemerkten; ich machte Punsch, und nachdem ich ihnen denselben vorgesetzt hatte, sagte ich, ich wollte auch den jungen Damen welchen bringen, die sich damit unterhielten, Kupferstiche zu besehen.

Ich verlor keinen Augenblick und sie fanden das, was ich ihnen zeigte, sehr interessant.

Dergleichen gestohlene Vergnügungen haben einen unaussprechlichen Reiz.

Als wir so ziemlich befriedigt waren, kehrten wir miteinander zurück, und ich verdoppelte den Punsch.

Helene lobte die Kupferstiche gegen ihre Mutter und forderte dieselbe auf, sie mit uns zu besehen.

»Ich habe dazu keine Lust,« entgegnete sie.

»Nun,« sagte Helene, »so wollen wir sie noch weiter besehen.« —

Ich fand diese List köstlich und ging mit meinen beiden Heldinnen hinaus.

Hedwig philosophierte über das Vergnügen und sagte mir, sie hätte es nimmermehr kennen gelernt, wenn ich nicht zufällig die Bekanntschaft ihres Onkels gemacht hätte.

Helene sprach nicht, aber hingebender als ihre Kusine, girrte sie wie eine Taube und wurde lebhaft erregt, um den Augenblick darauf wieder ermattet hinzusinken.

Ich bewunderte diese staunenswerte, obgleich ziemlich häufige Erregtheit.

Ehe wir uns trennten, versprach ich ihnen, täglich die Mutter Helenes zu besuchen, um Gelegenheit zu haben, dort zu erfahren, welche Nacht ich vor meiner Abreise von Genf wieder bei ihnen zubringen könnte. Wir trennten uns dann um zwei Uhr morgens.

Drei oder vier Tage darauf sagte mir Helene mit zwei Worten, Hedwig würde die Nacht bei ihr schlafen und ihre Türe zu derselben Stunde wie früher offen lassen.

»Ich komme.«

»Und ich werde Sie einschließen; allein Sie werden im Dunkeln bleiben, weil die Magd das Licht bemerken könnte.«

Ich war pünktlich, und um zehn Uhr sah ich sie voll Heiterkeit eintreten.

»Ich vergaß Ihnen zu sagen,« bemerkte sie, »daß Sie hier ein Huhn finden werden.« Ich hatte Hunger, verzehrte es im Nu, und dann gaben wir uns dem Glücke hin.

Ich mußte am nächsten Tage abreisen. Ich hatte zwei Briefe von Herrn Raiberti empfangen. Er sagte mir in dem einen, er hätte meine Weisungen in bezug auf die Corticelli befolgt, und in dem zweiten, sie würde wahrscheinlich während des Karnevals als erste Figurantin tanzen und Gage bekommen. Ich hatte in Genf nichts mehr zu tun und nach unserem Übereinkommen erwartete Frau d'Urfé mich in Lyon. Ich mußte zu ihr gehen. Bei dieser Sachlage war die Nacht, die ich mit den beiden reizenden Mädchen zubringen sollte, die letzte.

Meine Lehren hatten, Früchte getragen, und meine beiden Zöglinge waren zu Meisterinnen in der Kunst herangereift. Glück zu genießen und zu gewähren; in den Pausen aber wich die Freude der Trauer. »Wir werden unglücklich sein, mein Freund,« sagte Hedwig, »und wären bereit, dir zu folgen, wolltest du dich mit uns belästigen.«

»Ich verspreche Euch, meine teuern Freundinnen, bald zurückzukehren.«

Sie brauchten nicht lange zu warten.

Am anderen Abend besuchte ich den Syndikus und dessen junge Freundinnen. Ich fand Helene bei ihnen, die sich stellte, als ob meine Reise sie nicht so betrübte wie die anderen; um ihr Spiel besser zu verbergen, erlaubte sie dem Syndikus, ihr gleich den anderen Küsse zu geben. Ich ahmte ihre List nach und bat sie, ihrer gelehrten Kusine mein Lebewohl zu überbringen und mich dabei zu entschuldigen, daß ich mich nicht persönlich von ihr verabschieden könne.

Am nächsten Tage früh morgens reiste ich ab.

Zu Anfang des Dezember in Turin eintreffend, fand ich in Rivoli die Corticelli, welche der Chevalier Raiberti von meiner Ankunft benachrichtigt hatte. Sie übergab mir einen Brief dieses liebenswürdigen Mannes, der mir darin das Haus angab, welches er für mich gemietet hatte, da ich nicht im Gasthause absteigen wollte.

Über den Autor

Geboren am 2.4.1725 in Venedig. Nannte sich Chevalier de Seingalt. Studium von Theologie und Jura. Reiste durch Europa. 1755 in Venedig wegen Gottlosigkeit eingekerkt; 1756 Flucht aus den Bleikammern. 1757 Lotteriedirektor in Paris. Hielt sich an den Höfen Friedrichs des Großen, Josephs II. und Katharinas der Großen auf. Ab 1785 Bibliothekar des Grafen Waldstein in Dux. Casanova starb am 4.6.1798 in Dux (Böhmen).Italienischer Schriftsteller. Wurde berühmt durch die Beschreibung seiner Flucht aus den Bleikammern. Seine umfangreichen Memoiren sind von hohem kulturhistorischem Wert, erregten jedoch in erster Linie wegen der beschriebenen frivolen erotischen Abenteuer Aufsehen.

Über tredition

Eigenes Buch veröffentlichen

tredition wurde 2006 in Hamburg gegründet und hat seither mehrere tausend Buchtitel veröffentlicht. Autoren veröffentlichen in wenigen leichten Schritten gedruckte Bücher, e-Books und audio-Books. tredition hat das Ziel, die beste und fairste Veröffentlichungsmöglichkeit für Autoren zu bieten.

tredition wurde mit der Erkenntnis gegründet, dass nur etwa jedes 200. bei Verlagen eingereichte Manuskript veröffentlicht wird. Dabei hat jedes Buch seinen Markt, also seine Leser. tredition sorgt dafür, dass für jedes Buch die Leserschaft auch erreicht wird.

Im einzigartigen Literatur-Netzwerk von tredition bieten zahlreiche Literatur-Partner (das sind Lektoren, Übersetzer, Hörbuchsprecher und Illustratoren) ihre Dienstleistung an, um Manuskripte zu verbessern oder die Vielfalt zu erhöhen. Autoren vereinbaren direkt mit den Literatur-Partnern die Konditionen ihrer Zusammenarbeit und partizipieren gemeinsam am Erfolg des Buches.

Das gesamte Verlagsprogramm von tredition ist bei allen stationären Buchhandlungen und Online-Buchhändlern wie z. B. Amazon erhältlich. e-Books stehen bei den führenden Online-Portalen (z. B. iBookstore von Apple oder Kindle von Amazon) zum Verkauf.

Einfach leicht ein Buch veröffentlichen: **www.tredition.de**

Eigene Buchreihe oder eigenen Verlag gründen

Seit 2009 bietet tredition sein Verlagskonzept auch als sogenanntes "White-Label" an. Das bedeutet, dass andere Unternehmen, Institutionen und Personen risikofrei und unkompliziert selbst zum Herausgeber von Büchern und Buchreihen unter eigener Marke werden können. tredition übernimmt dabei das komplette Herstellungs- und Distributionsrisiko.

Zahlreiche Zeitschriften-, Zeitungs- und Buchverlage, Universitäten, Forschungseinrichtungen u.v.m. nutzen diese Dienstleistung von tredition, um unter eigener Marke ohne Risiko Bücher zu verlegen.

Alle Informationen im Internet: **www.tredition.de/fuer-verlage**

tredition wurde mit mehreren Innovationspreisen ausgezeichnet, u. a. mit dem Webfuture Award und dem Innovationspreis der Buch Digitale.

tredition ist Mitglied im Börsenverein des Deutschen Buchhandels.

Dieses Werk elektronisch lesen

Dieses Werk ist Teil der Gutenberg-DE Edition DVD. Diese enthält das komplette Archiv des Projekt Gutenberg-DE. Die DVD ist im Internet erhältlich auf **http://gutenbergshop.abc.de**

Zeitfracht Medien GmbH
Ferdinand-Jühlke-Straße 7
99095 Erfurt, Deutschland
produktsicherheit@kolibri360.de